1905. Octob.

Vente du 23 Octobre 1905.

(HOTEL DROUOT)

CATALOGUE

DE

LIVRES MODERNES

ILLUSTRÉS

ET DE

LIVRES ANCIENS

RELIURES ROMANTIQUES

PARIS

LIBRAIRIE HENRI LECLERC

219, RUE SAINT-HONORÉ, 219

ET 16, RUE D'ALGER

1905

CHARTRES. — IMPRIMERIE DURAND, RUE FULBERT.

CATALOGUE

DE

LIVRES MODERNES

ILLUSTRÉS

ET DE

LIVRES ANCIENS

LA VENTE AURA LIEU

LE LUNDI 23 OCTOBRE 1905

A 2 HEURES PRÉCISES

HOTEL DES COMMISSAIRES-PRISEURS, 9, RUE DROUOT

Salle N° 10

Par le Ministère de **Mᵉ MAURICE DELESTRE**, commissaire-priseur

5, RUE SAINT-GEORGES, 5

Assisté de **M. HENRI LECLERC**, libraire

219, RUE SAINT-HONORÉ, 219

ET 16, RUE D'ALGER

CONDITIONS DE LA VENTE

La vente se fait au comptant.

Les adjudicataires paieront 10 pour 100 en sus des enchères.

Les livres vendus devront être collationnés dans les vingt-quatre heures de l'adjudication. Passé ce délai, ils ne seront repris pour aucune cause.

M. Leclerc se réserve la faculté, dans l'intérêt de la vente, de réunir ou de diviser les numéros du catalogue. Il remplira les commissions qu'on voudra bien lui confier.

CATALOGUE

DE

LIVRES MODERNES

ILLUSTRÉS

ET DE

LIVRES ANCIENS

RELIURES ROMANTIQUES

PARIS

LIBRAIRIE HENRI LECLERC

219, RUE SAINT-HONORÉ, 219

ET 16, RUE D'ALGER

—

1905

CATALOGUE

DE

LIVRES MODERNES

ILLUSTRÉS

ET DE

LIVRES ANCIENS

---

1. ACHILLE TATIO Alessandrino. Dell'amore di Leucippe et di Clitophonte, nuovamente tradotto dalla lingua greca. *In Venetia, per Francesco Lorenzini da Turino,* 1560, petit in-8°, mar. rouge, fil., dos orné, tr. jasp. (*Rel. anc.*).

2. ANNÉE PARISIENNE (L'). Texte et dessins par Henriot. *Paris, L. Conquet,* 1894, in-12, figures, cartonn. dos et coins vélin blanc, dos orné (*Carayon*).

   Édition tirée à 300 exemplaires, non mis dans le commerce.

3. AUX VICTIMES DE LA GUERRE RUSSO-JAPONAISE. Un groupe d'artistes. *Paris, Pelletan,* in-4°, broché (*Couverture par Eug. Carrière*).

   Exemplaire imprimé sur PAPIER DU JAPON.
   Texte d'Anatole France, Sully Prudhomme, Jules Renard, G. Geffroy. Illustrations de *Le Roux, Binet, Debat-Ponsan, Jeanniot, Léandre,* etc.

4. AVENTURES merveilleuses de Huon de Bordeaux, pair de France, et de la belle Esclarmonde, mises en nouveau langage par Gaston Paris, de l'Académie française. *Se trouve à la maison Didot, s. d.,* gr. in-4,

figures en couleur, dos et coins chag. rouge, fil., dos orné, tête dor., non rog. (*Couvert. illust.*).

Aquarelles de *Manuel Orazi*.

5. BALZAC (H. de). Les Chouans. Illustrations de Julien Le Blant gravées sur bois par Léveillé. *Paris, Emile Testard et Cie*, 1889, gr. in-8, figures. dos et coins mar. rouge, fil., dos orné, tête dor., non rog., couvert. (*Canape*).

Exemplaire contenant les eaux-fortes de *J. Le Blant* en deux états AVANT la lettre.

6. BALZAC (H. de). Les Chouans. Suite complète des 105 compositions de Julien Le Blant, gravées sur bois par Léveillé, in-8, en feuilles, dans un carton.

Epreuves en tirage à part, sur PAPIER DU JAPON, AVANT la lettre.

7. BALZAC (H. de). Les Chouans. Suite complète des 105 compositions de Julien Le Blant, gravées sur bois par Léveillé, in-8, en feuilles dans un carton.

Epreuves en tirage à part, sur PAPIER de CHINE, AVANT la lettre.

8. BALZAC (H. de). La Peau de chagrin, par M. H. de Balzac. Edition illustrée par cent gravures en taille-douce. *Paris, Abel Ledoux, s. d.*, in-8, figures, demi-rel. mar. noir, fil., dos orné (*Rel. de l'époque*).

9. BANVILLE (Théodore de). Odes funambulesques, avec un frontispice gravé à l'eau-forte par Bracquemond, d'après un dessin de Charles Voillemot. *Alençon, Poulet-Malassis et de Broise*, 1857, in-12, front., dos et coins veau fauve, tête dor., ébarbé.

EDITION ORIGINALE.

10. BARBIER DE MONTAULT. Etude archéologique sur le reliquaire du chef de saint Laurent, diacre et martyr. *Rome, Sinimberghi*, 1864, in-fol., texte encadré, cart.

Chromolithographie représentant le reliquaire.

11. BELLANGER (Stanislas). La Touraine ancienne et moderne, illustrée par MM. Th. Frère, Brevière, Lacoste, Noël, Mauduison, etc. *Paris, Mercier*, 1845, in-8,

chag. noir, fil., dos orné, tr. dor. — BURETTE (Th.). Histoire de France, depuis l'établissement des Francs dans la Gaule jusqu'en 1830. 500 dessins par Jules David. *Paris, Lehuby*, 1842, 2 vol. in-8, chag. noir. encad. dor., dos orné, tr. dor. (*Rel. de l'époque*). — NODIER (Charles). La Seine et ses bords. Vignettes par Marville et Foussereau, *Paris*, 1836, in-8, figures hors texte, mar. grenat, fil., dos orné, tr. dor. — TASTU (Amable). Voyage en France. *Tours, A Mame*, 1852, in-8, figures, cartonn. de l'éditeur. Ens. 5 vol.

12. BENOIST (Elie). Mélange de remarques critiques, historiques, philosophiques sur les deux dissertations de M. Toland, intitulées l'une *l'Homme sans condition*, l'autre *les Origines judaïques* avec une dissertation tenant lieu de préface, par Elie Benoist. *Delft*, 1712, in-8, mar. rouge tr. dor.

Exemplaire relié par DEROME, le dos est orné du fer *à l'oiseau*.

13. BERTRAND (Louis). Gaspard de la nuit, fantaisies à la manière de Rembrandt et de Callot. Nouvelle édition, augmentée de pièces en prose et en vers, tirées des journaux et recueils littéraires du temps, et précédée d'une introduction, par M. Charles Asselineau. *Paris, Pincebourde* et *Bruxelles, Muquardt*, 1868, in-8, frontispice, dos et coins de mar. bleu à longs grains, fil., dos plat orné, non rog., couvert. (*Canape*).

14. BERTRAND (Louis). Gaspard de la nuit. Fantaisies à la manière de Rembrandt et de Callot. Cinquante illustrations de J. Fontanez. *Paris, Société d'éditions d'art, le Livre et l'Estampe*, 1903, gr. in-8, figures, cartonn. dos et coins mar. bleu, non rog. (*Carayon*).

Un des 50 exemplaires imprimés sur PAPIER DE CHINE, contenant deux états des illustrations, dont un avec remarque et la planche refusée.

15. BERTRAND (Louis). Gaspard de la nuit. Même édition, gr. in-8, figures, broché (*Couverture illustrée*).

Un des 50 exemplaires imprimés sur PAPIER DE CHINE, contenant deux états des illustrations, dont un avec remarque et la planche refusée.

16. BERTRAND (Louis). Gaspard de la nuit. Même édition, gr. in-8, broché (*Couvert. illust.*).

Exemplaire imprimé sur papier d'Arches.

17. BIAGIOLI (G.). Tesoretto della lingua toscana opera messa in luce. *Parigi,* 1822, in-8, mar. bleu, comp. de fil. dor., encad. et milieu or. à froid, doublé de moire rouge, tr. dor. (*Rel de l'époque*). — TASSO (Torquato). Aminta favola boschereccia. *Parigie, A. Nepveu,* 1811, in-18, figures, mar. bleu à longs grains, dent dor., encad. à fr. (*Rel. de l'époque*). — Ens. 2 vol.

Le second ouvrage renferme les figures en deux états: en noir et en couleurs, avant la lettre.

18. BIDA. Collection de 21 dessins originaux pour les *Œuvres de Molière,* gr. in-8.

Jolis dessins au crayon noir relevé de blanc.

19. BOETS. Etat civil, politique et commerçant du Bengale ou Histoire des conquêtes et de l'administration de la compagnie anglaise dans ce pays, ouvrage traduit de l'anglais de M. Boets par M. Demeunier. *La Haye, Gosse,* 1775, in-8, figure par Eisen et carte, veau fauve. — HORREBOWS Nouvelle description physique-historique, civile et politique de l'Islande, avec des observations critiques sur l'histoire naturelle de cette isle donnée par M. Anderson. Ouvrage traduit de l'allemand de M. Horrebows. *Paris, Charpentier,* 1764, 2 vol. in-12, veau fauve (*Rel. anc.*).

Ces trois vol. portent, au dos, les armoiries de Ch. DE ROHAN, prince de SOUBISE.

20. BOILEAU. Œuvres poétiques de N. Boileau, suivies d'œuvres en prose, publiées avec notes et variantes par P. Chéron. *Paris, Librairie des Bibliophiles,* 1876, 2 vol. in-8, figures, cartonn. dos et coins mar. rouge, non rog. (*Carayon*).

Un des 15 exemplaires imprimés sur PAPIER DE CHINE, avec le portrait par *Lalauze* (AVANT et avec la lettre). On y a ajouté la suite du portrait et des figures de *Foulquier,* sur Chine.

21. BREVIAIRE tiré du romain, accommodé à l'usage des religieuses ursulines. *Paris, L. Josse,* 1714, gr. in-8, figures, mar. noir, fermoirs (*Rel. anc.*). — BREVIARIUM sanctae Autissiodorensis Ecclesiae. *Paris,*

B. Alix, 1736, 4 vol. in-12, mar. rouge, fil. et fleurons, tr. dor. (*Rel. anc.*). — Lettres spirituelles sur différents sujets de piété par M. l'abbé d'Olonne. *Paris, P.-D. Brocas*, 1757, in-12, mar. olive, fil. et fleurons, tr. dor. (*Rel. anc.*). — Ens. 6 vol.

22. BRILLAT-SAVARIN. *La Physiologie du Goût.* Suite complète de 52 figures dessinées et gravées à l'eau-forte par Ad. Lalauze ; in-8, en feuilles.

Très belle suite, une des meilleures de *Lalauze*, comprenant : 1 portrait, 31 en-têtes et 20 culs-de-lampe.

ÉPREUVES AVANT LA LETTRE tirées de format in-8 et AVANT QUE LES MARGES DES CUIVRES AIENT ÉTÉ ÉGALISÉES.

23. CAPITALES DU MONDE (Les). Paris, par Fr. Coppée. — Saint-Pétersbourg, par E. Melchior de Vogué. — New-York par le comte E. de Kératry. — Constantinople, par P. Loti. — Rome, par G. Boissier. Etc., etc. Avec des illustrations d'après MM. G. Becker, J. Béraud, Besnard, Béthune, Bonnat, Chéret, Benjamin Constant, etc., etc. *Paris, Hachette*, 1892, gr. in-8, dos et coins mar. rouge, fil., dos orné, tête dor., non rog.

24. CHAM. Albums de caricatures. *Paris, au bureau du Charivari, s. d.*, 2 vol. in-4, cartonn. dos et coins mar. rouge, non rog.

I. L'Exposition de Londres. Croquis comiques. — Revue comique de l'Exposition de l'Industrie. — Revue comique du salon de 1851. — Variétés drôlatiques. — Les Voyages d'agrément. — Les Représentants en vacances. II. Proudhoniana, album dédié aux propriétaires. — La banque Proudhon et autres banques socialistes. — Soulouque et sa cour, caricatures. — En carnaval, croquis.

25. CHEFS-D'ŒUVRE (les) du roman contemporain. *Paris, Quantin*, 1885-89, 7 vol. in-8, figures, dos et coins mar., fil., dos plats ornés, tête dor., non rog. (*Durvand*).

Balzac (H. de). Le Père Goriot. Dix compositions par Lynch. — Bernard (Charles de). Gerfaut. Dix illustrations de Adolphe Weisz. — Claretie (Jules). Monsieur le ministre. Dix compositions par Adrien Marie. — Daudet (Alphonse). Sapho. Dix illustrations de Rejchan. — Feuillet (Octave) Monsieur de Camors. Onze compositions par S. Rejchan. — Flaubert (Gustave). Salammbô. Dix compositions par A. Poirson. — Goncourt (Edmond et Jules de). Germinie Lacerteux. Dix compositions par Jeanniot.

26. CLOCHETTE MAGIQUE de Paracelse pour obtenir des Esprits célestes ce qu'on souhaite scavoir ou avoir, in-32 de 48 p., mar. rouge, fil., dent. int., tr. dor. (*Derome*).

Manuscrit du XVIIIe siècle provenant de la vente Chardin.

27. COLET (Louise). Historiettes morales. *Paris, Royer*, 1845, in-8, figures, cartonn. illust. de l'éditeur. — GOETHE. Werther, traduction nouvelle précédée des considérations sur Werther, et en général sur la poésie de notre époque, par Pierre Leroux, accompagnée d'une préface par George Sand. *Paris, Hetzel*, 1845, in-8, cartonn. de l'éditeur (sans les fig.) (*Rel. de l'époque*). — PREVOST (abbé). Histoire de Manon Lescaut et du chevalier des Grieux, édition illustrée par Tony Johannot, précédée d'une notice historique sur l'auteur par Jules Janin. *Paris, E. Bourdin, s.d.*, gr. in-8, figures, demi-rel. mar. grenat (*Rel. de l'époque*). — Ens. 3 vol.

28. CONNAISSANCE GÉNÉRALE DU CHEVAL (La). Etudes de zootechnie pratique, avec un atlas de 160 pages et de 103 figures, par les auteurs de l'Encyclopédie pratique de l'agriculteur publiée par Firmin-Didot et Cie, sous la direction de MM. L. Moll et E. Gayot. *Paris, Firmin-Didot et Cie*, 1883, 2 vol. in-8, texte et planches, dem. chag. grenat, plats toile, tr. jasp.

29. COPPÉE (François). Le Passant. Compositions de Louis-Edouard Fournier. *Paris, Armand Magnier*, 1897; in-8, fig., cartonn. dos et coins de vélin blanc, non rog. (*Carayon*).

De la *Collection des Dix*. — Le texte de cette édition, qui est héliogravé, reproduit le manuscrit écrit spécialement par *François Coppée*. L'illustration comprend 47 compositions gravées à l'eau-forte par *L. Boisson*, dont 35 forment encadrements au texte.
Exemplaire sur PAPIER VÉLIN.

30. COPPÉE (François). Suite complète de 47 compositions de Louis-Edouard Fournier, gravées à l'eau-forte par Léon Boisson, pour illustrer *le Passant*. *Paris, éd. Magnier*, 1897, in-8, en feuilles.

Épreuves AVANT LE TEXTE et avec remarques.

31. CRAYON. Bracebridge Hall; or the humorists, by Geoffrey Crayon, Gent. *London, Murray*, 1822, 2 vol. in-8, dos et coins mar. bleu, fil., non rog. — MACPHERSON. Poems of Ossian, translated by James Macpherson, Esq. *London, Walker*, 1819, pet. in-12, front. et titre orné, veau vert, fil. or et dent. à fr., tr. marb. (*Rel. de l'époque*). — SCOTT (Walter). The Lay of the last minstrel, a poem. *Paris, Galignani*, 1827, pet. in-12, port., veau viol., fil. et coins ornés, tr. dor. (*Rel. de l'époque*). — MOORE (Thomas). Lalla Rookh, by Th. Moore esq. Illustrated with engravings from Richard Westall, Esq. *London, Longmar, Hurst, etc.*, 1817, in-8, figures, mar. vert à longs grains, comp. de fil. et coins, tr. dor. (*Rel. de l'époque*). — Ens. 5 vol.

32. CRÉQUY. Souvenirs de la marquise de Créquy, de 1710 à 1803. *Paris, Garnier frères, s. d.*, 10 tomes en 5 vol. in-12, portraits, figures, cartonnage vélin à recouv.

33. CROTTET (E.). Supplément à la 5e édition du Guide de l'amateur de livres à figures du XVIIIe siècle. *Amsterdam, Fr. van Crombrugghe*, 1890, in-8, broché.

3 exemplaires.

34. DAMOURETTE et QUILLENBOIS. Voulez-vous rire? Les Gueux. Drôleries champêtres. *Paris, Gache, s. d.*, album in-4, cartonn. — PATRIOTY. Album politique et allégorique de 1850. *S. l. n. d.*, in-4, lithog. coloriées, br. — TOPFFER (R.). Le docteur Festus. *Genève, Kessmann*, 1846, album in-4 obl., broché, non rog. (*Couvert.*).

35. DEIDIER. Instituts de médecine, comprenant la physiologie et la pathologie, traduits en français du latin de M. Deidier, ancien professeur de la Faculté de Montpellier, etc. *Paris, d'Houry*, 1735, in-12, mar. rouge, large dent., dos orné, tr. dor. (*Rel. anc.*).

36. DELAVIGNE (Casimir). Messéniennes et poésies diverses. *Paris, Dufey et Vezard*, 1832, 3 vol. in-12,

figures, veau olive, dentelle à froid, fil. et milieu dorés, tr. dor. (*Rel. de l'époque*).

10 figures et culs-de-lampe par *Deveria*.

37. DELILLE. L'Imagination, poème. *Paris, Didot l'aîné*, 1816; 2 vol. in-8, veau olive, dent. et large encad. à froid, fil. dor., tr. marb.

Bonne reliure romantique.

38. DICKENS (Charles). Adaptation de F. de Montfrileux. Monsieur Minns. Horace Sparkins. *Paris, le Livre et l'Estampe*, pet. in-4, figures en couleur, cartonn. dos et coins mar. grenat, fil., dos orné et mosaïqué, non rog. (*Moens*).

39. DONNAY (Maurice). Le Retour de Jérusalem, comédie en quatre actes. Représentée pour la première fois sur le théâtre du Gymnase, le 3 décembre 1903. *Paris, Charpentier*, 1904, in-12, broché (*Couvert. illustr.*).

ÉDITION ORIGINALE.
Un des 25 exemplaires imprimés sur PAPIER DU JAPON.

40. DORVILLE (Noël). Le Monde politique. *Paris, imprimerie lithographique, J. Thil, A. Cinqualbre, directeur, s. d.*, 50 planches en 5 fascicules in-fol., dans un carton.

41. DOUCET (Jérôme). Princesses de Jade et de Jadis. Aquarelles de Lorant-Heilbronn. *Paris, le Livre et l'Estampe*, 1902, in-4, figures, broché (*Couvert.*).

Un des 25 exemplaires imprimés sur PAPIER DU JAPON, avec une suite des illustrations AVANT LA LETTRE.

42. DUCOS. Itinéraires et Souvenirs de voyages faits en Angleterre et en Ecosse en 1814 et 1816; 4 vol. in-4, veau brun, milieu et double encad. à froid, dent. int., tr. marb. (*Ducastin*).

Copie manuscrite d'une bonne écriture; on y a joint quelques cartes et figures.
L'ouvrage a été publié en 1834 chez Dondey-Dupré et tiré seulement à 150 exemplaires qui ne furent point mis dans le commerce.

43. DUFRENOY (Madame). Œuvres. *Paris, Moutardier*, 1817, in-8, figures, veau vert, comp. de fil.

dorés, tr. dor. (*Rel. de l'époque*). — GAY (Delphine). Le dernier jour de Pompéi, poème, suivi de poésies diverses. *Paris, P. Dupont*, 1829, in-8, cartonn. (Exemplaire aux armes de la duchesse de Berry). — MERCOEUR (Elisa). Poésies. *Paris, Crapelet*, 1829, in-12, veau olive, fil. et dent. à fr., dent. int., tr. dor. (*Rel. de l'époque*). — WALDOR (Mélanie). Poésies du cœur. *Paris, chez l'auteur*, 1836, in-8, front., rel. satin vert, tr. dor. (chiffre H. F. surmonté d'une couronne ducale sur les plats). — Ens. 4 vol.

44. DUGUET. Conduite d'une dame chrétienne pour vivre saintement dans le monde. *Paris*, 1730. — Explication du mystère de la Passion de Notre-Seigneur Jésus-Christ suivant la concorde. *Amsterdam*, 1731. — Traité des scrupules, de leurs causes, de leurs espèces... de leurs remèdes généraux et particuliers. *Paris*, 1718. Ens. 3 vol. in 12, mar. bleu foncé, jans., tr. dor. (*Rel. anc.*).

Bonnes reliures anciennes.

45. DULAURENS. L'Arretin moderne. *Rome*, 1783, 2 vol. in-12, mar. rouge, dent. int., tr. dor. (Cachet sur les titres).

46. DUMAS (Alexandre). Le Chevalier de Maison Rouge. Illustrations de Julien Le Blant, gravées sur bois par Léveillé. *Paris, Emile Testard*, 1894; 2 vol. gr. in-8, fig., dos et coins de mar. rouge, tête dor., non rog.

Édition illustrée d'environ 160 figures sur bois dans le texte. On y a ajouté la suite des 10 eaux-fortes hors texte de *J. Le Blant*, gravées par *Géry-Bichard*.

47. DUMAS (Alexandre). Le Chevalier de la Maison-Rouge. Suite des 10 compositions de Julien Le Blant, gravées à l'eau-forte par Géry-Bichard, in-8, en feuilles dans un carton.

Épreuves AVANT LA LETTRE.

48. DUMAS (Alexandre fils). La Dame aux Camélias, par A. Dumas fils. Préface par M. Jules Janin. *Paris, Michel Lévy*, 1872, in-8, portraits dos et coins mar. bleu, fil., dos plat orné, tête dor., ébarbé (*Durvand*).

Deux portraits par *Jacquemart* et *Mongin*.

49. DUPLESSI-BERTAUX. Recueil de cent sujets dessinés et gravés à l'eau-forte, représentant toutes sortes d'ouvriers occupés de leurs travaux, scènes de comédies, scènes populaires, mendiants, militaires, cavaliers, etc., etc. *Paris, Thierry,* 1846; in-4 oblong, demi-rel.

50. ELPHINSTONE HOPE (Mme W. C.). L'Étoile des fées, traduction de l'anglais, par M. Stéphane Mallarmé. Illustrations de M. John Laurent. *Paris, G. Charpentier,* 1881, in-4, figures, cartonn. dos et coins toile, non rog., couvert. (*Carayon*).

Édition originale.

51. EMPIRE (L') DES LÉGUMES. Mémoires de Cucurbitus Ier recueillis et mis en ordre par MM. Eugène Nus et Antonin Meray. Dessins par Amédée Varin. *Paris, G. de Gonet* et *Leipzig, Twietmeyer, s. d.,* gr. in-8, figures coloriées, dos et coins mar. grenat, fil., dos plat orné, non rog., couverture (*Canape*).

Bel exemplaire.

52. ESPARBÈS (Georges d'). La Légende de l'Aigle. Compositions de François Thévenot, gravées par Florian et Romagnol. *Paris, Collection des Dix, A Romagnol,* 1901, gr. in-8, figures, cartonn. dos et coins mar. rouge, non rog. (*Carayon*).

53. ETATS-UNIS ET CANADA. L'Amérique du Nord pittoresque. Ouvrage rédigé par une réunion d'écrivains américains sous la direction de M. Cullen Bryant. Traduit, revu et augmenté par Bénédict-Henry Révoil, illustré d'un nombre considérable de gravures et d'une carte des Etats-Unis. *Paris, Quantin, Decaux,* 1880, pet. in-fol., figures, dos et coins chag. rouge poli, tête dor., non rog.

54. ETRENNES AUX DAMES. Années 1881 à 1885. *Paris, Charavay frères,* 5 vol. in-16, portraits-frontispices, rel. satin, renfermés dans des étuis.

Exemplaires imprimés sur papier de Chine.

55. ETRENNES AUX DAMES. Années 1881 à 1885.

Paris, Charavay frères, 5 vol. in-18, frontispices, cartonn. dos et coins toile, non rog. (*Carayon*).

Exemplaires imprimés sur PAPIER DE HOLLANDE.

56. EXPOSITION MEISSONIER. Catalogue rédigé par A. Dumas, L. Roger-Miles, Henri Beraldi. Les eaux-fortes ont été gravées par Abot, Boulard, Champollion, Courtry, Faivre, Focillon, Kratké, Lalauze, Leterrier, de Los-Rios, Manchon, Manesse, Mignon, Mordant, Teyssonnières, Toussaint, Waltner. *Paris, Galerie Georges Petit, mars* 1893, in-4, figures hors texte, dos et coins mar. rouge, fil., dos orné et mosaïqué, tête dor., non rog. (*Durvand*).

Exemplaire imprimé sur PAPIER DU JAPON.

57. FABRE (Ferdinand). Sylviane. Illustrations de George Roux gravées sur bois par Baud et Hamel. *Paris, E. Testard*, 1892, in 8, figures, cartonn. dos et coins mar. bleu, fil., dos orné d'une fleur mosaïquée, tête dor., ébarbé (*Carayon*).

Un des 35 exemplaires imprimés sur PAPIER DU JAPON, contenant les figures hors texte en double état (noir et sanguine).

58. FORDICE. Hommages à la divinité, de James Fordice, ministre anglais, traduits par J. B. V***v. *A Londres, et se trouve à Paris chez Volland*, 1787, in-18, mar. vert, fil. dor., dos orné, tr. dor. (*Rel anc.*).

59. FRANCE (Anatole). Lucile de Chateaubriand. Ses contes, ses poèmes, ses lettres, précédés d'une étude sur sa vie. *Paris, Charavay frères*, 1879, in-12, papier de Hollande, figure, cartonn. dos et coins mar. rouge, non rog. (*Carayon*).

ÉDITION ORIGINALE.

60. FRANCE (Anatole). Thaïs. Compositions de Paul-Albert Laurens, gravures à l'eau-forte de Léon Boisson. *Paris, Collection des Dix*, 1900, in-8, cartonn. dos et coins mar. rouge, non rog. (*Carayon*).

Exemplaire imprimé sur PAPIER WHATMAN avec les eaux-fortes hors texte en 2 états : EAU-FORTE PURE et AVANT LA LETTRE avec remarque.

61. GALERIE des femmes de Byron. Trente-neuf planches. *Paris, Charpentier éditeur, chez Rittner et Gou-*

pil, 1837, gr. in-8, figures, mar. grenat, plaque dor., tr. dor. (*Rel. des éditeurs*).

62. GALERIE DES PEINTRES, ou collection de portraits des peintres les plus célèbres de toutes les écoles accompagnée d'une notice sur chacun d'eux et de copies de dessins originaux, par M. Chabert, homme de lettres. *Paris, imprimerie Chabert*, 1827, album in-fol., cart. (*Couverture*).

100 portraits et 100 reproductions de tableaux, le tout lithographié.

63. GALLETTI. Salon de 1861. Album caricatural, par Galletti. *Paris, Bourdilliat*, in-4, oblong, cartonn. toile. (*Couverture*). — TOPFFER (R.). Histoire d'Albert, par R. Topffer. *Genève, Kefsmann*, 1846, in-4 obl., rel. toile (*Couverture*). — Ens. 2 vol.

64. GAUTIER (Théophile). Jettatura. Compositions et gravures en couleurs de François Courboin. *Paris, Romagnol*, 1904 ; in-8, fig., broché.

Édition ornée de 25 aquarelles dessinées et gravées en couleurs par *François Courboin*.
De la *Collection des Dix*. — Un des 40 exemplaires sur PAPIER DE CHINE avec 4 états des illustrations.

65. GAUTIER (Théophile). Jettatura. Compositions et gravures de François Courboin. *Librairie de la collection des Dix, A. Romagnol*, 1904, in 8, figures en couleurs, broché (*Couvert. illustrée*).

Un des 175 exemplaires imprimés sur PAPIER VÉLIN.

66. GEFFROY. L'Œuvre de E. Carrière. Texte de Gustave Geoffroy. *Piazza et Cie, s. d.*, pet. in-fol., figures, broché et planches, dans un étui.

Tiré à petit nombre.
73 planches en phototypie, montées sur bristol.

67. GÉRARD DE NERVAL. Les Filles du Feu. Sylvie. Jemmy. Octavie. Isis. Emilie. Avec une préface de Jules Levallois. Dessins d'Emile Adan gravés à l'eau-forte par Le Rat. *Paris, Librairie des Bibliophiles*, 1888, in-8, figures, broché (*Couvert. illustr.*).

Exemplaire en GRAND PAPIER.

68. GILBERT. Œuvres complètes, publiées pour la première fois avec les corrections de l'auteur et les variantes, accompagnées de notes littéraires et historiques. *Paris, Dalibon*, 1823, in-8, figures, mar. bleu, encadrement, angles et milieu dorés, dos orné, dent., int., doublé de moire rose, tr. dor. (*Rel. de l'époque*).

Portrait et 4 figures par *Desenne*.

69. GOLDSMITH. Le Vicaire de Wakefield, par Goldsmith, traduit en français avec le texte en regard, par Charles Nodier, précédé d'une notice par le même sur la vie et les ouvrages de Goldsmith et suivi de quelques notes. *Paris, Bourgueleret*, 1838 ; in-8, fig., dos et coins mar. violet foncé à grains longs, dos plat orné de fil., non rogné (*Canape*).

Premier tirage. — Édition ornée d'un frontispice avec portrait gravé sur bois, de 10 figures hors texte par *Tony Johannot*, gravées sur bois et de 100 vignettes sur bois dans le texte par *Jacque*, *Marville*, *Janet-Lange*, etc. Texte encadré d'un double filet.

70. GOMEZ (de). La jeune Alcidiane, par Madame de Gomez. *Paris, David et Henry*, 1733, 3 vol. in-12, veau marb., dos orné, tr. rouges (*Rel. anc.*).

Exemplaire aux armes de la duchesse de Boufflers.

71. GOYA. La Tauromachie. Suite de quarante eaux-fortes originales, par Francisco Goya. *S. l. n. d.*, 40 planches in-fol., dans un carton.

Réimpression.

72. GRANDVILLE. Un autre monde. Transformations, visions, incarnations, ascensions, locomotions, explorations, pérégrinations, excursions, stations. Cosmogonies, fantasmagories, rêveries, folâtreries, facéties, lubies. Métamorphoses, zoomorphoses, lithomorphoses, métempsycoses, apothéoses et autres choses. *Paris, H. Fournier*, 1844 ; in-4, fig., dos et coins de mar. vert à grains longs, dos plat orné, non rog. (*Canape*).

Premier tirage. — Orné de nombreuses illustrations dans le texte, d'un frontispice en noir, et de 36 grands sujets coloriés tirés hors texte.

Bel exemplaire, lavé et encollé.

73. GRÉCOURT. Œuvres diverses, nouvelle édition, augmentées du Philotanus, de la bibliothèque des

damnés, etc., avec figures. *Londres (Cazin)*, 1780, 4 vol. in-18, frontispices, mar. rouge, fil., dos ornés, tr. dor. (*Rel. anc.*).

4 figures non signées, fort jolies.

74. GRESSET. Œuvres de Gresset (et Le Parrain Magnifique). *Paris, Renouard*, 1811. 2 vol. in-8, figures, veau marb., dentelle, dos ornés, tr. jasp. (*Rel. anc.*).

1 portrait non signé et 8 figures par *Moreau*, gravées par *Simonet* et *de Ghendt*.

75. GUÉRIN (Léon). Veillées du vieux matelot, illustrées par Johannot, Raffet, Roqueplan. *Paris, Abel Ledoux, s. d.*, in-8, figures, cartonn. de l'éditeur. — TASSE (Le). La Jérusalem délivrée. Traduction nouvelle et en prose par M. V. Philipon de la Madelaine, augmentée d'une description sur Jérusalem, par M. de Lamartine. Edition illustrée par MM. Baron et C. Nanteuil. *Paris, Mallet*, 1844, in-8, figures, cartonn. de l'éditeur. — VERSAILLES. Palais, musées, jardins. *Paris, Bossange et Lecou, s. d.*, in-8, figures, cartonn. des éditeurs. — Ens. 3 vol.

76. HÉLIODORE. Les Amours de Théagènes et Chariclée. Histoire éthiopique (traduite du grec). *Londres*, 1743, 2 vol. in-12, front., fig. et vignettes, mar. rouge, fil., dos ornés, dent. int., tr. dor. (*Rel. anc.*).

77. HENNIQUE (Léon). La Mort du duc d'Enghien, en trois tableaux. Dessins de Henri Dupray gravés à l'eau-forte par L. Muller. *Paris, Tresse et Stock*, 1886, gr. in-8, figures, cartonn. dos et coins toile rouge, non rog. (*Carayon*).

Un des 130 exemplaires imprimés sur PAPIER DE HOLLANDE.

78. HISTOIRE de la reine Marthesie, fondatrice de l'empire des Amazones. Histoire du grand Cyrus, fondateur de l'Empire des Perses. — Histoire de Scipion l'Africain. — Histoire de Jules César. — Histoire de l'empereur Titus. *S. l. n. d.*, in-12, mar. rouge, fil. à fr., milieux ornés d'un lion, dent. int., tr. dor. (*Rel. anc.*).

Ce volume n'a qu'un faux-titre.

79. HOUVILLE (Gérard d'). Esclave, roman. *Paris, Calmann-Lévy* (1905), in-12, broché.

Édition originale.
Papier de Hollande.

80. HUGO (Victor). Œuvres complètes: Odes et ballades, 2 vol. — Les Orientales. — Les Feuilles d'automne. *Paris, Eug. Renduel*, 1838, 4 vol. — Les Chants du Crépuscule, *Paris, Renduel et Delloye*, 1839. — Les Voix intérieures. — Les Rayons et les ombres. *Paris, Delloye*, 1840. 2 vol. Ens. 7 vol. in-8, dos et coins veau rouge, tr. jasp. (*Rel. de l'époque*).

Les Rayons et les Ombres sont en édition originale.

81. IMITATION (L') de Jésus-Christ, traduite par M. de Genoude. *Paris, Pourrat*, 1840, gr. in-8, fig., mar. bleu foncé, large décoration couvrant les plats, tr. dor. (*Rel. de l'éditeur*).

Édition ornée d'un frontispice, de 12 vignettes sur bois et de 2 gravures sur acier; texte entouré d'encadrements.

82. INCARVILLE (P. d'). Arts, métiers et cultures de la Chine, représentés dans une suite de gravures, exécutées d'après les dessins orig. envoyés de Pékin, accompagnés des explications données par les missionnaires français et étrangers, pensionnés par Louis XIV, Louis XV et Louis XVI. Art du vernis. Papier de bambou. *Paris, Nepveu*, 1814-1815, 2 tomes en 1 vol. in-18, 23 figures coloriées, veau fauve, fil. dor. et dent. à froid, tr. dor. (*Rel. anc.*). — Myr-Davoud-Zadour de Melik Schahnazar. Notices sur l'état actuel de la Perse, en persan, en arménien et en français. *Paris, Nepveu*, 1818, in-18, 2 figures coloriées, veau bleu, fil. dor. et encad. à froid, tr. marb. (*Rel. de l'époque*). — Ens. 2 vol.

83. JARDIN DES PLANTES (Le). Description complète, historique et pittoresque du Museum d'Histoire naturelle. Ménagerie... Par MM. P. Benard, L. Couailhac, Gervais et Emm. Lemaout. *Paris, Curmer*, 1842-1843, 2 vol. gr. in-8, fig., demi-rel. chag. vert, dos orn., plats toile avec orn. spéc., tr. dor. (*Rel. de l'Editeur*).

Premier tirage. — Ouvrage orné de nombreuses figures dans le texte et de 107 sujets hors texte, dont 32 coloriés, d'après *Harvey, Gavarni, Descourtilz, Jacque, Daubigny, Marey, Emy*, etc.

84. LA BÉDOLLIERE. Soirées d'hiver. Histoires et nouvelles. *Paris, Curmer,* 1839, pet. in-8, figures, mar. rouge à longs grains, fil. dor., encad. à fr., coins ornés, dos orné à fr., tr. dor. (*Rel. de l'époque*).

Nombreuses illustrations gravées sur acier.

85. LACROIX. Connaissance analytique de l'homme, de la matière et de Dieu, par M. Lacroix. *Paris,* Vve *Desaint,* 1772, in-12, mar. rouge, dentelle à petits fers, dos orné, tr. dor. (*Rel. anc.*).

86. LAFENESTRE (Georges). L'Exposition des Primitifs français. *Paris, Gazette des Beaux-Arts,* 1904, gr. in-8, figures, dos et coins mar. vert, non rog.

87. LA FONTAINE. Fables causides de La Fontaine en bers gascouns. *A Bayonne, de l'Emprimerie de Paul Fauvet Duhart,* 1776, in-8, vélin à recouv., non rog. (*Rel. mod.*).

Traduction des *Fables de La Fontaine,* ornée d'un superbe frontispice et d'un titre par *Moreau,* gravés par *N. Le Mire.*

88. LAMARTINE. Œuvres. Méditations poétiques. Nouvelles méditations poétiques. *Paris, Ch. Gosselin, A. Dupont et Roret,* 1825-1826, 4 vol. pet. in-12, veau vert, encad. à fr. et fil. dor., milieu à fr., dos ornés, dent. int., tr. marb. (*Messier*). — Harmonies poétiques et religieuses. *Paris, Gosselin,* 1830, 2 vol. in-8, dem. rel. veau rouge. — Ens. 6 vol.

89. LAMARTINE. Méditations poétiques. — Nouvelles méditations poétiques. *Paris, Ch. Gosselin,* 1825-26, 2 vol. in-32, figures, cuir de Russie, comp. de fil. noirs et rosaces, encad. à froid, dos orné, tr. marb. (*Vogel*). — Harmonies poétiques et religieuses. *Ibidem., id.,* 1830, 2 vol. in-8, frontispices, veau rose, comp. de fil. or et encad., dos ornés, dent. int., tr. jasp. (*Rel. de l'époque*). — Ens. 4 vol.

90. LAMARTINE. Œuvres. Méditations poétiques. Nouvelles méditations poétiques. *Paris, Jules Boquet,* 1826, 2 vol. — Harmonies poétiques et religieuses. *Paris, Charles Gosselin,* 1830, 2 vol. — Ens. 4 vol. in-8, titres ornés, demi-rel. veau bleu, dos orné, non rog. (*Duplanil*).

Premières éditions collectives.

91. LANGIER et CARPENTIER. Vie anecdotique de Louis-Philippe, roi des Français. *Paris, Guirandet,* 1837, in-8, figures, dos et coins mar. rouge, fil., dos orné, tr. jasp. (*Rel. de l'époque*).

Portrait et 11 figures de *Porret* sur chine collé.

92. LE COINTE DE LAVEAU. Guide du voyageur à Moscou contenant ce que cette capitale offre de curieux et d'intéressant; ses monuments les plus remarquables, etc. etc. *Moscou, Semen,* 1824, in-8, lithograph. hors texte, veau grenat, encad. à fr., dos orné, dent. int., tr. marb. (*Rel. de l'époque*).

Exemplaire au chiffre de la duchesse de Berry.

93. LEITCH RITCHIE. Walter Scott et les Ecossais, traduit de l'anglais. Orné de vingt et une gravures d'après les dessins de Cattermole. *Paris, Desenne,* 1835, in-8, figures, mar. grenat, fil., encad. en mosaïque sur les plats, dos orné, dent. int., tr. dor. (*Rel. de l'époque*).

94. LE MAOUT. Histoire naturelle des oiseaux, suivant la classification de M. Isidore Geoffroy-Saint-Hilaire. *Paris, Curmer,* 1853, gr. in-8, cart. perc. noire, dos et plats couv. d'orn. spéciaux en or et couleurs, tr. dor. (*Rel. de l'Editeur*).

Premier tirage. — Ouvrage illustré de 35 figures hors texte, dont 15 coloriées, et de nombreuses illustrations dans le texte.
Bel exemplaire dans le cartonnage original très frais.

95. LIÈVRE. Les Douze Mois, par Edouard Lièvre. *Paris, Viginet, s. d.,* album pet. in-4, oblong, cart.

12 lithographies en couleurs.

96. LIVRE MODERNE (Le). Revue du monde littéraire et des Bibliophiles contemporains, publiée par Octave Usanne. 1890-91 ; 2 années en 4 vol. — L'Art et l'Idée. Revue contemporaine du dilettantisme littéraire et de la Curiosité, publiée par Octave Uzanne. *Paris, Ancienne Maison Quantin,* 1892, 2 vol. — Ens. 6 vol. in-8, papier de Hollande, nombreuses illustrations, cartonn. dos et coins mar. grenat, non rog.

Les couvertures des livraisons sont conservées.

97. LIVRES ILLUSTRÉS DU XVIIIe SIÈCLE, 6 vol., veau.

DORAT. Lettres en vers, ou épîtres héroïques et amoureuses. *Paris, Séb. Jorry*, 1767, in-8, figures d'Eisen. — FROMAGEOT. Annales du règne de Marie-Thérèse, impératrice douairière, reine de Hongrie et de Bohême, archiduchesse d'Autriche, etc. *Paris, Prault*, 1775, in-8, figures de Moreau. — RABELAIS. Œuvres, suivies des remarques publiées en anglais par M. Le Motteux et traduites en français par C. D. M. Nouvelle édition, ornée de 76 gravures. *Paris, F. Bastien*, an VI, 3 vol. in-8, figures. — VADÉ (Guillaume). Contes. Edition augmentée par l'auteur d'un supplément au discours aux Welches. *Genève*, 1765, in-8.

98. LOTI (Pierre). La troisième jeunesse de Madame Prune. *Paris, Calmann-Lévy* (1905), in-12, broché.

ÉDITION ORIGINALE.
PAPIER DE HOLLANDE.

99. LUCRÈCE. De la nature des choses. Traduit en vers français par M. J. B. S. de Pongerville, texte en regard. *Paris, Dondey-Dupré*, 1823, 2 vol. in-8, frontispices demi-rel. veau bleu, dos ornés. — MACROBE. Œuvres, traduites par Ch. de Rosoy. *Paris, Firmin-Didot*, 1827, 2 vol. in-8, veau fauve, comp. de fil. dorés et fleurons, milieux ornés à fr., dos ornés, fil. int., tr. dor. (*Simier*). — Ensemble 4 vol.

100. MALHERBE. Œuvres poétiques, réimprimées sur l'édition de 1630. Avec une notice et des notes par Prosper Blanchemain. *Paris, Librairie des Bibliophiles*, 1878, in-8, port. par Lalauze, cartonn. dos et coins de mar. bleu à longs grains, non rogné (*Carayon*).

Un des 15 exemplaires sur PAPIER DE CHINE, avec le portrait en double état.

101. MALO (Charles). Les Femmes et les fleurs. *Paris, Louis Janet, s. d.*, in-18, fig., veau fauve, fil., tr. dor.

Titre orné et 11 jolies figures en couleurs.

102. MARMONTEL. Bélisaire, suivi de mélanges en prose et en vers, par Marmontel. *Paris, E. Ledoux*, 1828, in-8, figures, veau vert, dent. et milieu à froid, dos orné, tr. marb. (*Messier*).

4 figures par *Choquet*, gravées par *Delignon, Baquoy, Lecerf*.
Bel exemplaire.

103. MAROT. Œuvres choisies de Clément Marot, accompagnées de notes historiques et littéraires par M. Despres. *Paris, Janet et Cotelle*, 1826, in-8, portrait, veau olive, encad. à froid et de fil. dor., dos orné, encad. int., tr. dor. (*Simier*).

Bel exemplaire.

104. MARQUESSAC (H. de). Hospitaliers de Saint-Jean de Jérusalem, en Guyenne, depuis le XIIe siècle jusqu'en 1793. Préceptoreries, commanderies et autres possessions de l'ordre, actuellement enclavées dans le département de la Gironde. *Bordeaux, veuve Justin Dupuy et Comp.*, 1866, figures hors texte, broché (*Couvert.*).

Eaux-fortes et figures dessinées par l'auteur.

105. MARTINET (André). Le Prince impérial, 1856-1879. *Paris, L. Chaillery*, 1895, in-8, figures, cartonn. dos et coins toile, non rog. — LORQUET (Hubert-Louis). Napoléon, poëme en dix chants. *Bruxelles, A. Lacrosse*, 1824, in-8, cart., non rog. — Ens. 2 vol.

106. MAUCLAIR (Camille). Les Danaïdes, contes. Illustrations de Besnard, Carrère, Fantin-Latour, Rochegrosse. *Paris, le Livre et l'Estampe, s. d.*, gr. in-8, cartonn. dos et coins de mar. bleu à longs grains, dos orné de fleurs en mosaïque, non rog., couvert.

107. MAUPASSANT (Guy de). *Boule de Suif.* Suite complète de 58 compositions de François Thévenot, gravées sur bois par A. Romagnol. *Paris, A. Magnier*, 1897, in-8, en feuilles.

Suite complète de la couverture, du portrait, de 7 compositions hors texte, et de 49 sujets de texte.

Épreuves d'artiste comprenant : 1° Collection sur PAPIER PELURE. — 2° Collection sur PAPIER DE CHINE, AVANT LA LETTRE ; la couverture est en couleur, les sujets hors texte sont en double état : AVEC et SANS REMARQUE.

108. MAUPASSANT (Guy de). Boule de Suif, from the french of Guy de Maupassant. With an introduction by Arthur Symons, and 56 wood-engravings from drawings by F. Thevenot. *London, William Heinemann*, 1899, gr. in-8, figures, cart., non rog.

109. MAUPASSANT (Guy de). Clair de lune. Illustra-

tions de Arcos, Boutet de Monvel, Gambard, Grasset... *Paris, Monnier*, 1884, gr. in-8, dos et coins de mar. bleu à grains longs, dos plat orné, tète dor., non rog., couvert.

110. MAUPASSANT (Guy de). Le Rosier de Madame Husson. Illustrations par Habert Dys. Eaux-fortes de E. Abot, d'après Desprès. *Paris, Quantin*, 1888, in-4, figures, cartonn. dos et coins mar. vert, tète dor., non rog. (*Moens*).

111. MÉDAILLES sur les principaux événements du règne de Louis le Grand, avec des explications historiques (par Charpentier, Tallemant, Racine, Boileau, etc.). — Premières épreuves de la seconde édition de l'histoire du Roy par médailles. *Paris, Imprimerie royale*, 1723, in-fol., cuir de Russie, fil., tr. dor.

Tirage a part des 245 figures. Les vignettes sont de *Leclerc*, les encadrements de *Simonneau* et les médailles de *Cochin* père. Le titre est manuscrit.

112. MICHELET. L'Oiseau, par J. Michelet. Huitième édition illustrée de 200 vignettes sur bois par H. Giacomelli. *Paris, L. Hachette*, 1867, gr. in-8, figures, cartonn. dos et coins mar. bleu à longs grains, non rog., couvert. (*Carayon*).

Premier tirage.

113. MIERIS (F. de). Histori der Nederlandsche Vorsten, uit de Huizen van beijere, borgonse, en oostenryk; welken, sedert de regeering van Albert, graaf van Holland, tot den dood van Keizer Karel den vyfden het hooggezag aldaar gevoerd hebben... door Frans van Mieris. *In's Graavenhaage, P. de Hondt*, 1732-1735, 3 vol. in-fol., figures, veau fauve, comp. d'encadr. et fleurons, dos ornés, tr. dor. (*Rel. anc.*).

Mouillures au tome premier.

114. MILIN (James). Fouilles faites à Carnac (Morbihan). Les Bossenno et le Mont-Saint-Michel. *Paris, Didier et Cie*, 1877, gr. in-8, figures hors texte en noir et en couleurs, broché.

115. MILLE ET UN JOURS (Les). Contes persans,

turcs et chinois traduits par Petit de la Croix, Cardonne, Caylus, etc., augmentés de nouveaux contes traduits de l'arabe par M. Sainte-Croix Pajot. Édition illustrée. *Paris, Pourrat frères*, 1844, gr. in-8, figures, dos et coins mar. noir, fil., dos plat orné, non rog., couverture (*Canape*).

Bel exemplaire de PREMIER TIRAGE.

116. MILLEVOYE. Œuvres complètes, dédiées au Roy, et ornées d'un beau portrait. *Paris, Ladvocat*, 1822, 4 vol. in-8, port., veau olive, encad. et milieu à froid et or, dos orné, tr. marb. (*Brigandat*).

117. MOLIÈRE. Suite complète d'un portrait et de cinquante vignettes dessinées et gravées à l'eau-forte par Valentin Foulquier, pour le *Théâtre choisi* publié par MM. Alf. Mame et fils. *Paris, Morgand et Ch. Fatout*, 1877, in-8, dos et coins mar. rouge.

Épreuves d'artiste tirées, sur PAPIER DU JAPON, à 100 exemplaires.

118. MONOD (E.). L'Exposition universelle de 1889. Grand ouvrage illustré historique, encyclopédique, descriptif publié sous le patronage de M. le ministre du Commerce, de l'Industrie et des Colonies. *Paris, E. Dentu*, 1890, 4 vol. (dont un album), gr. in-8, nombreuses figures, toile.

119. MONNIER (Henry). Vignettes pour les *Chansons* de Béranger. *Paris, Gauthier-Villars*, 1868-73, album gr. in-8, cartonn. toile.

70 lithographies coloriées.

120. MONTFRILEUX. Le Livre des masques. Cent dessins de J. Fontanez. *Paris, le Livre et l'Estampe, s. d.*, 2 vol. in-8, cartonn. dos et coins mar. La Vall. à longs grains, dos mosaïqué, tête dor., ébarbé.

121. MONTORGUEIL (Georges). La Vie à Montmartre. Illustrations de Pierre Vidal. *Paris, G. Boudet*, 1899, gr. in-8, figures, dos et coins mar. grenat, fil., dos mosaïqué, tête dor., non rog. (*Durvand*).

122. MONTORGUEIL (Georges). La Vie à Montmartre. Illustrations de Pierre Vidal. *Paris, G. Boudet*, 1899, gr. in-8, fig., broché (*Couv. illust.*).

123\. MONTORGUEIL (Georges). La Vie des boulevards. Madeleine-Bastille. 200 dessins par Pierre Vidal. *Paris, May et Motteroz*, 1896, gr. in-8, figures, broché (*Couvert. illust.*).

Illustrations en couleurs de *Pierre Vidal*.

124\. MONTORGUEIL (Georges). Les Trois couleurs. France, son histoire, par G. Montorgueil. Imagé par Job. *Charavay, Martin, s. d.*, in-fol., figures en couleurs, dans un cartonnage illustré.

Exemplaire sur PAPIER DU JAPON.

125\. MOREAU LE JEUNE. Figures de l'Histoire de France, dessinées par Moreau le jeune et gravées par Le Bas, Duclos, Romanet, Langlois, Delignon, Martini, etc., avec des explications historiques par l'abbé Garnier. *S. l.*, 1785-1790, in-4, texte gravé, figures à mi-page, demi-rel. veau fauve.

153 planches dont 26 par *Lépicié* et *Monet*, gravées par *Le Bas*. Les planches 26, 28 et 47 manquent.

126\. MORIN (Louis). La Dot de Blaise. Manuscrit in-8, fig., br. (Couvert. illustrée).

MANUSCRIT ORIGINAL, orné de 8 aquarelles originales, dont l'une est reproduite sur la couverture.

Ce manuscrit est écrit sur papier Whatman.

127\. MORIN (Louis). Histoires d'autrefois : Les Amours de Gilles, 178 dessins de l'auteur. — Jeannik, 87 dessins de l'auteur. *Paris, Kolb et Librairie illustrée*, 1885, 2 vol. in-8, fig., br. (*Couvert. illust.*).

128\. MUCHA. Le Pater. Commentaire et compositions de A.-M. Mucha. *Champenois et Piazza, s. d.*, pet. in-fol., fig., broché, dans un carton (*Couverture illustrée*).

Exemplaire imprimé sur PAPIER DU JAPON.

129\. MURETI (M. Antonii) presbyteri, i. c. et civis r. orationes ejusdem interpretatio quinti libri ethicorum Aristotelis ad Nicomachum. Item Caroli Sigonii orationes duae, hac postrema editione adjectae sunt, etc. *Lugduni, apud A. Gryphium*, 1591, in-16, mar. rouge, fil., dos orné, tr. dor. (*Rel. anc.*).

Exemplaire de CLAUDE RAISIN dont il porte le nom et les armes sur les plats de la reliure.

Fortes piqures de vers.

130. NOAILLES (Ctesse Mathieu de). La Domination, roman. *Paris, Calmann-Lévy, s. d.*, in-12, broché (*Couvert.*).

ÉDITION ORIGINALE.
PAPIER DE HOLLANDE.

131. NUMISMATA aerea selectiora maximi moduli e museo Pisano, olim Corrario. Cum commentariis. *In monasterio benedictino-Casinate S. Jacobi Pontidae agri Bergomatis, apud Joannem Santinum, sumptibus societatis, anno* MDCCXL, *superiorum permissu*, 2 vol. in-fol, texte et planches, vélin, dos orné, tr. jasp. (*Rel. anc.*).

Frontispice, portrait et 92 planches.

132. PARIS-LONDRES. Keepsake français, 1837-1838. *Paris, Delloye, Desmé et Cie*, 2 vol. in-8, fig., veau bleu, comp. de fil. et encad. dorés, dos ornés, fil. int., tr. dor. (*Rel. de l'époque*).

50 figures hors texte par *Turner, Stephanoff, Bonnington, Chalon, Stanfield, Landseer, Smirke*, etc.

133. PARNY. Œuvres choisies, précédées d'une notice sur sa vie et ses ouvrages. *Paris, L. Paris, et Wercherin*, 1826, in-8, frontispice, veau fauve, comp. de fil., rosaces et encad. à froid, dos orné or et à fr., dent., tr. dor. (*Rel. de l'époque*).

134. PARNY. Œuvres choisies, augmentées des variantes de texte et de notes. *Paris, Lefèvre*, 1827, in-8, portr., mar. grenat, fil. et encad. dor., encad. et milieu à froid, milieu orné à fr. et rosace, dos orné, fil. int., moire rouge, tr. dor. (*Rel. de l'époque*).

Exemplaire imprimé sur PAPIER VÉLIN.

135. PATIN (Charles). Introduction à la connaissance des médailles. *De l'impression d'Elzevier et se vend à Paris, chez Jean du Bray*, 1667, in-12, port., front. et fig. de médailles, mar. rouge, comp. de fil. et fleurons, dos orné, tr. dor. (*Rel. anc.*).

136. PELLICO (Silvio). Mes Prisons, suivi des devoirs des hommes; traduction nouvelle, par le comte H. de Messey, revue par le vicomte Alban de Villeneuve, avec

notice biographique et littéraire sur Silvio Pellico et ses ouvrages, par M. V. Philipon de la Madelaine. Edition illustrée d'après les dessins de MM. Gérard, Séguin, d'Aubigny, Steinheil, etc., etc. *Paris, H.-L. Delloye*, 1844, in-8, fig., cartonn. fers spéciaux, tr. dor. (*Cartonn. de l'éditeur*).

Exemplaire de PREMIER TIRAGE.

137. PIECES faisant partie du *Théâtre ér... de la Rue de la Santé*; recueil in-4, manuscrit, mar. rouge, tête de satyre au dos, entre les nerfs, et aux angles des plats, dent. int., tr. dor. (*Masson-Debonnelle*).

RECUEIL MANUSCRIT AUTOGRAPHE comprenant 3 pièces complètes (57 pages) par *Albert Glatigny*, *J.-H. Tisserant* et *Nadar*.

On y trouve aussi : 1° la lettre d'invitation, avec signature autographe, de *Lemercier de Neuville* pour une représentation. — 2° une note au crayon (2 pages) par *Ch. Baudelaire* adressée à Poulet-Malassis (adresse à l'encre timbrée de Bruxelles). — 3° le final de « Les Jeux de l'Amour et du Bazar », par *Lemercier de Neuville*.

Intéressant recueil provenant de la Bibliothèque de M. Got, de la la Comédie-Française.

138. PINELLI. Raccolta di cinquanta costumi pittoreschi, incisi all acqua forte da Bartolomeo Pinelli romano. *In Roma*, 1809, album in-fol. obl., non rel.

50 planches gravées à l'eau-forte.

139. PITRE-CHEVALIER. La Bretagne ancienne et moderne. — Bretagne et Vendée. Histoire de la Révolution française dans l'Ouest de la France. — Illustré par MM. A. Leleux, Penguilly, T. Johannot. *Paris* (1844-1845). — Ensemble 2 vol. gr. in-8, fig., dos et coins de veau bleu, dos plat orné de fil. (*Reliure de l'époque*).

PREMIER TIRAGE.

140. POÉSIES de Clotilde de Surville, poète français du XVe siècle. Nouvelle édition, publiée par C. Vanderbourg : ornée de gravures d'après Colin, élève de Girodet. *Paris, Nepveu,* 1825, 2 vol. in-18, fig., veau fauve, dent. à froid, et filets noirs, tr. dor. (*Rel. de l'époque*).

Exemplaire imprimé sur PAPIER VÉLIN.

141. PONCHON (F.). Eulalie, ou les quatre âges de la

femme, poème en quatre chants, par M. F. Ponchon. Seconde édition, ornée de gravures. *Paris, Rosa,* 1815, in 8, fig., mar. violet à longs grains, comp. de fil. et encad. or et à fr., coins ornés or et à fr., dos orné de fers au pointillé, dent. int., tr. dor. (*Masquillier*).

3 figures, dont une par *Desenne* AVANT la lettre.
Jolie reliure romantique portant le mot THÉRÈSE sur l'un des plats et la date 1832, sur l'autre. Sur le feuillet de garde se trouve un quatrain autographe de l'auteur adressé à Madame Thérèse Hennekinne.

142. PORTEFEUILLES. Réunion de 4 portefeuilles dont l'un en mar. vert, large dentelle dor., et les 3 en mar. rouge.

Portefeuilles de la fin du XVIIIe siècle et du commencement du XIXe.

143. POULLAIN (Henry). Traitez des monnoyes. *Paris, F. Léonard,* 1709, in-12, veau fauve, fil., tr. dor. (*Rel. anc.*).

Exemplaire aux armes de Louis-Urbain LE FÈVRE de CAUMARTIN.

144. RACINE (Jean). Œuvres complètes, précédées d'une notice sur sa vie par M. L. S. Auger. *Paris, Lefèvre,* 1837, 2 vol. in-8, fig., veau bleu, fil. dor., encad. et milieux ornés à froid, dos orné, tr. dor. (*Rel. de l'époque*).

Portrait de *Racine* par *Hopwood* et 12 figures par *Gérard, Girodet, Deveria, Desenne, Chaudet,* etc.

145. RECUEIL DE SUJETS RELIGIEUX d'après les principaux maîtres. *A Paris, chez Jean, s. d.*; 2 vol. gr. in-fol., cartonnés.

160 planches et 30, ajoutées.

146. RECUEIL DES EDICTS et déclarations du Roy, tant anciens que modernes; ensemble les arrests et reglemens intervenus sur le faict des consignations, en exécution des dits edicts et declarations; même les arrests portant deffenses de contraindre les receveurs, des consignations, à peine d'interdiction contre les Huissiers. *Paris, impr. de N. Pepingue,* 1680, in-4, mar. rouge, comp. de fil. et fleurons, dent. int., tr. dor. (*Rel. anc.*).

147. REGNIER (Henri de). Le Passé vivant. Roman moderne. *Paris, Société du Mercure de France*, 1905, in-12, br. (*Couvert.*).

ÉDITION ORIGINALE.
Un des 39 exemplaires imprimés sur PAPIER DE HOLLANDE.

148. RELIURES ROMANTIQUES, 7 vol.

BARTHÉLEMY et MÉRY. Napoléon en Égypte. Waterloo et le Fils de l'homme. *Paris, Perrotin*, 1835, in-8, figures par Raffet, veau rouge, fil. or, large encad. à fr. sur les plats, tr. dor. — CAMPENON. Poèmes et opuscules en vers et en prose. *Paris, Ladvocat*, 1823, 2 vol. in-18, figures par Isabey, Picot, etc., demi-rel. veau rouge, tr. marb. — Même ouvrage. Même édition, avec les figures en double état, 2 vol. veau fauve, fil. et encad. à fr., tr. marb. — MICHAUD. Le Printemps d'un proscrit, poème en quatre chants. *Paris, A. Dupont*, 1827, in-8, veau bleu, fil. et encad. à fr., milieu, tr. marb. — TURQUÉTY (Edouard). Amour et Foi, 2e édition, augmentée de quatre nouvelles pièces. *Paris, Delaunay, Chamerot...* et *Rennes, Mollien*, 1835, in-8, veau vert, fil. or, encad. et milieu à fr., tr. dor.

149. RELIURES ROMANTIQUES, 10 vol.

GÉRAMB (Marie-Joseph de). Pèlerinage à Jérusalem et au mont Sinaï. *Paris, A. Leclerc et Laval, Genesley*, 1836, 3 vol. in-8, fig., veau vert, fil. dor. et encad. à fr., dos ornés, dent. int., tr. marb. (*Rel. de l'époque*). — HELMERS. La Nation hollandaise, poème en six chants, avec des notes ; traduit de Helmers, par Aug. Clavareau. *Bruxelles, P. J. de Mat*, 1825, in-8, mar. vert, dent. et fers à fr. — MACKENSIE. Œuvres complètes, traduites de l'anglais par Bonnet. *Paris, Warée*, 1825, 5 vol. in-12, veau grenat, fil. dor., encad. à froid, tr. marb. (*Rel. de l'époque*) [Envoi autog. du traducteur au comte de Peyronnet]. — TRESSAN (Cte de). Jehan de Saintré. Gérard de Nevers. Regner Lodbrog. Robert. *Paris, Nepveu*, 1822, in-8, 3 fig. de Colin, veau bleu, fil. dor., encad. à fr., tr. dor.

150. RELIURES ROMANTIQUES, 13 vol.

AIMÉ-MARTIN (L.). Lettres à Sophie. *Paris, Ch. Gosselin*, 1825, 4 vol. in-32, veau grenat, encad. à fr., fil., frontispices, tr. dor. (*Bibolet*). — ANACRÉON. Odes, traduites en vers français, avec le texte en regard, par Veissier-Descombes. *Paris, Compère*, 1827, in-32, veau olive, plats entièrement ornés de fers à froid, à la cathédrale. — BAOUR DE LORMIAN. Veillées poétiques et morales. *Paris, Brunot-Labbé, s. d.*, pet. in-12, titre orné et 4 figures, veau rouge, fil. dor., encad. à fr. et rosaces, tr. dor. — BAST (Amédée de). Les Nuits étoilées. *Paris, Mary*, 1830, 2 tomes en 1 vol. in-12, veau rouge, fil. dor., encad et milieux à fr., tr. marb. — LA FONTAINE. Fables, avec notes et 75 figures gravées sur bois. *Paris, Crapelet*, 1830, 2 vol. in-32, veau viol., fil. dor., tr. dor. — LEGOUVÉ. Le Mérite des femmes. *Paris, L. Janet*, 1825, in-32, frontisp., veau fauve, fil. dor. et encad. à fr. — Maistre (Xavier de). Voyage autour de ma chambre, suivi du lépreux de la cité d'Aoste. *Paris, Delaunay*, 1823, in-16, veau bleu, fil. dor. et encad. à fr. — Ossian, barde du IIIe siècle. Poésies galliques, en vers français, par Baour-Lormian. *Paris, Janet, s. d.*, in-12, 5 fig., veau fauve, comp. de fil. et rosaces, encad. à fr., dos orné, dent. int., tr. dor. — Voltaire. La Henriade, travestie en vers burlesques. *Paris, Delongchamps*, 1823, in-32, veau violet.

151. RELIURES ROMANTIQUES ; 7 vol. in-8.

Aimé-Martin. Lettres à Sophie, avec des notes par M. Patrin. *Paris, Lefèvre*, 1822, 2 vol. in-8, veau fauve, comp. de fil. et rosaces, encad. à fr., tr. marb. — Boileau. Œuvres, avec les commentaires revus, corrigés et augmentés par M. Viollet-le-Duc. *Paris, Desoer*, 1823, in-8, port., veau rouge, fil. or et dentelle à fr., tr. dor. — Fléchier. Oraisons funèbres de Fléchier, avec les notes de tous les commentateurs, précédées d'un discours sur l'oraison funèbre par Dussault. *Paris, Verdet et Lequien*, 1828, in-8, port., veau olive, fil. à plats entièrement couverts de fers à fr., tr. marb. — Rousseau (J.-B.). Œuvres choisies. *Paris, Didot*, 1828, 2 vol. in-8, port., veau fauve, comp. de fil. et encad. à fr., tr. marb. — Walckenaer (C.-A.). Histoire de la vie et des ouvrages de J. de La Fontaine. *Paris, Nepveu*, 1824, in-8, figures, dos et coins veau rouge, tr. marb.

152. RELIURES ROMANTIQUES ; 6 vol.

Bouilly (J.-N.). Conseils à ma fille. *Paris, L. Janet, s. d.*, 2 vol in-12, figures, veau viol., fil. or et encad. à fr., tr. dor. (Figures avant la lettre). — Carrière-Doisin. Les Roses de l'éducation, ou variétés utiles et amusantes, par M. D*** (Carrière-Doisin), *Paris, Laurens*, 1790, in-8, veau rouge, fil. noirs entrel. et encad. à fr., tr. marb. — Guizot (Mme). Conseils de morale, ou essais sur l'homme, les mœurs, les caractères, le monde, etc. *Paris, Pichon et Didier*, 1828, 2 vol. in-8, port., veau olive, fil et encad. à fr., tr. marb. — La tour du pin chambley de la charge (Alexandre-Louis de). Caractères et réflexions morales. *Paris, Firmin-Didot*, 1820, in-8, veau viol., fil. or et encad. à fr., tr. dor.

153. RELIURES ROMANTIQUES ; 5 vol. in-8.

Helvétius. Traité de l'esprit. *Paris, Dalibon*, 1827, 2 vol. in-8, veau fauve, comp. de fil., et milieux ornés à fr. (*Martin*). — Jullien (Marc-Antoine). Essai sur l'emploi du temps, ou méthode qui a pour objet de bien régler sa vie, premier moyen d'être heureux. *Paris, Dondey-Dupré*, 1824, in-8, veau vert, comp de fil., encad. et milieu orné à fr., dos orné, dent. int., tr. marb. — Theis (Alexandre de). Voyage de Polyclète, ou lettres romaines. *Paris, Grimbert*, 1828, 2 vol. in-8, veau grenat, dent. et milieux ornés à fr., dos ornés, tr. jasp.

154. RELIURES ROMANTIQUES ; 6 vol.

Bernard. Œuvres. Avec une gravure d'après Prudhon. *Paris,*

Janet et Cotelle, 1823, in-8, figure, veau bleu, fil. or et encad. à fr., milieu orné à fr., tr. marb. — COLARDEAU. Œuvres. *Paris, Janet et Cotelle*, 1825, in-8, figure, veau bleu, comp. de fil or. (*Hering*). — DELILLE (J.). Œuvres. Poésies fugitives. *Paris, Michaud*, 1824, in-8, port., veau fauve, comp. de fil., encadr. et rosaces, tr. dor. — FRÉBOURG. Poésies diverses, par le Dr Frébourg. *Paris, A. Belin*, 1837, in-8, veau olive, comp. fil. avec coins, tr. dor. — MALFILATRE. Œuvres. *Paris, Jehenne*, 1825, in-8, port., veau viol., fil. et encad., tr. marb. — MILLEVOYE. L'Amour maternel, poème. *Paris, Le Fuel et de Launay, s. d.*, petit in-12, figures, mar. rouge à longs grains, fil. et dent.

155. RELIURES ROMANTIQUES ; 5 vol. in-8.

PEIGNOT. Précis historique, généalogique et littéraire de la maison d'Orléans, avec notes, tables et tableau. *Paris, Crapelet*, 1830, 2 vol. in-8, veau viol. fil., tr. marb. — PÉRÉFIXE (Hardouin de). Histoire de Henri le Grand. *Paris, Goetschy*, 1823, in-8, veau olive, encad. or et à fr., milieu orné à fr., dos orné, dent. int., tr. marb. — ROCQUES DE MONTGAILLARD. Revue chronologique de l'histoire de France, depuis la première convocation des notables jusqu'au départ des troupes étrangères 1787-1818. *Paris, Didot*, 1820, in-8, veau fauve, encad. à fr., dos orné, dent. int., tr. marb. (*Thouvenin*). — VOLTAIRE. La Henriade, poème en dix chants par Voltaire, suivie de l'essai sur la poésie épique. *Paris, Lequien*, 1823, in-8, veau grenat, encad. et milieu orné à fr., dos orné, dent. int., tr. dor. (*Martin*).

156. RENOUARD. La Danse. Vingt dessins de Paul Renouard, transposés en harmonies de couleurs. *Paris, Ch. Gillot*, 1892, in-fol. en feuilles, dans un carton.

Exemplaire avec texte imprimé sur PAPIER DU JAPON.

157. RIRE (LE). Collaborateurs : Forain, Caran d'Ache, Willette, Léandre, Jeanniot, Heidbrinck, Hermann-Paul, Auriol, Véber, etc. De novembre 1894 à octobre 1900, 6 années en 6 vol. in-4, fig., brochés.

158. ROBIDA. Le XIXe siècle. Texte et dessins par A. Robida. *Paris, G. Decaux*, 1888, gr. in-8, figures, dos et coins mar. vert, fil., dos orné, tête dor., non rog.

159. ROSTAND (Edmond). La Samaritaine. Evangile en trois tableaux, en vers. *Paris, Charpentier et Fasquelle*, 1897, pet. in-4, cartonn. dos et coins toile bleue, ébarbé (*Couvert.*).

ÉDITION ORIGINALE.

160. ROSTAND (Ed.). Cyrano de Bergerac, comédie héroïque en cinq actes, en vers. *Paris, Charpentier*,

1898, in-12, cartonn. dos et coins mar. rouge, non rog., couvert. (*Carayon*).

Édition originale.

161. ROSTAND (Edmond). L'Aiglon, drame en six actes, en vers. *Paris, Charpentier,* 1900, in-8, frontispice de Louise Abbéma, broché (*Couverture illustrée*).

Édition originale.

162. ROSTAND (Edmond). L'Aiglon, drame en six actes, en vers. *Paris, Charpentier,* 1900, in-12, cartonn. dos et coins mar. rouge, non rog. (*Carayon*).

Édition originale.

163. SAINT-PIERRE (Bernardin de). Paul et Virginie. — La Chaumière indienne. *Paris, Furne,* 1829, in-12, fig., veau fauve, fil. dor. et milieu à froid, dos orné de fers à la cathédrale, tr. dor. (*Rel. de l'époque*).

Édition ornée d'un frontispice et de 6 figures de *Corbould.*

164. SAINT-PIERRE (Bernardin de). Paul et Virginie, précédé d'une étude sur les origines de Paul et Virginie par S. Cambray. Eaux-fortes de Laguillermie. *Paris, Librairie des Bibliophiles,* 1878, in-8, figures, dos et coins mar. bleu, fil., dos orné, tête dor., ébarbé (*Canapé*).

Un des 170 exemplaires sur papier de Hollande, contenant le portrait et les figures en double état : avec et avant la lettre.

165. SAINTE-BEUVE. Les Consolations. Poésies (par Sainte-Beuve). *Paris, Urbain Canel,* 1830, pet. in-12, broché, non rog. (*Couvert.*).

Édition originale.

166. SAND (George). Pauline. *Paris, Magen et Comon,* 1841, in-8, dos et coins mar. rouge, fil., dos orné, non rog. (*Thierry*).

Édition originale.

167. SAND (George). Les Beaux Messieurs de Bois-Doré. Illustrations d'Adrien Moreau gravées sur bois par Brauer, Froment, Hamel, Méaulle, Rousseau et

Thomas. *Paris, E. Testard*, 1892, 2 vol. in-8, figures, brochés (*Couvertures illustrées*).

Un des 75 exemplaires imprimés sur PAPIER DU JAPON, contenant la suite complète en tirage à part de tous les bois.

168. SAND (George). Les Beaux Messieurs de Bois-Doré. Suite complète des 10 eaux-fortes d'après Adrien Moreau, in-8, en feuilles dans un carton.

Épreuves en tirage à part, en double état: AVANT la lettre, dont un avec les noms des artistes à la pointe.

169. SARCEY (Francisque). Paris vivant. — Le Théâtre. Dessins de MM. Gérardin, Lepère, Moulignié, Tinayre. Gravures de MM. Bellenger, Noël, Paillard, Tinayre, etc. *Paris, Société artistique du Livre illustré*, 1893, in-8, figures, cartonn. dos et coins mar. rouge, tête dor., non rog.

170. SAVARON (Jean.) Traité contre les masques. *Paris, P. Chevalier*, pet. in-8 de 36 p., mar. rouge, fil., dos orné, dent. int., tr. dor. (*Rel. anc.*).

Exemplaire court de marges; la date du titre a été grattée.

171. SCHMIT (J.-P.). Les deux Miroirs, contes pour tous. Illustrations, MM. Gavarni, C. Nanteuil, Français, Schlesinger, Schmit, de Beaumont, Bertrand (de Châlon). *Paris, A. Royer*, 1844, gr. in-8, figures, dos et coins de mar. grenat, fil., dos plat orné, non rog., couvert. (*Canape*).

PREMIER TIRAGE.

172. SHAKSPEARE. The dramatic works of William Shakspeare, from the text of Johnson, Stevens, and Reed, with glossarial notes, life, etc. A new edition by William Hazlitt, Esq. *London, Routledge, Warne et Routledge*, 1859, 5 vol. in-12, veau rose, fil. or et à fr., dos orné, tr. marb.

173. SIENKIEWICZ (Henryk). Quo vadis, roman des temps néroniens. Traduction de B. Kozakiewicz et J.-L. de Janasy, *Paris, Éditions de la Revue Blanche*, 1900, in-12, cartonn. dos et coins toile, non rog., couvert. (*Carayon*).

ÉDITION ORIGINALE.

174. SILVESTRE (A.). Chroniques du temps passé. Le Conte de l'archer, par Armand Silvestre. Aquarelles de A. Poirson gravées par Gillot. Impression chromotypographique par A. Lahure. *Paris, Lahure imprimeur, Rouveyre et Blond éditeurs*, 1883, in-8, figures en couleur, cartonn. dos et coins toile, non rog. (*Couverture illustrée*).

Exemplaire imprimé sur PAPIER DE CHINE.

175. STAEL (B^{onne} de). Considérations sur les principaux événements de la Révolution française. Ouvrage posthume de Mme la baronne de Staël, publié par M. le duc de Broglie et M. le baron de Staël. *Paris, Delaunay, Bossange et Masson*, 1818, 3 vol. in-8, veau fauve, petite dentelle, dos ornés, tr. marb. (*Rel. de l'époque*).

176. SUE (Eugène). Latréaumont, *Paris, Ch. Gosselin et Cie*, 1838, 2 vol. in-8, frontispice, veau rouge, fil., dent. int.

ÉDITION ORIGINALE ; 2 fronstipices de *Porret* sur papier de Chine.

177. TACITI (C. Cornelii opera quae exstant. Justus Lipsius postremum recensuit. *Antverpiae apud J. Moretum*, 1607, in-fol., veau fauve, fil. et fleurs de lys aux angles, tr. dor. (*Rel. anc.*).

Aux armes du cardinal MAZARIN.

178. TAINE. Voyage aux Pyrénées, par H. Taine. Troisième édition, illustrée par Gustave Doré. *Paris, Hachette*, 1860, in-8, figures, cartonn. dos et coins toile verte (*Couvert.*).

Troisième édition, remaniée et considérablement augmentée ; elle contient 350 vignettes sur bois, dont 50 environ à pleine page.

179. TINAN (Jean de). Un Document sur l'impuissance d'aimer. Fronstispice de Felicien Rops. *Paris, Chaussée d'Antin*, 1894, pet. in-12, front., cartonn. dos et coins veau rouge, fil. dor., dos orné, non rog., couvert. (*Carayon*).

PAPIER DE HOLLANDE.

180. TINAN (Jean de). Penses-tu réussir ? ou les divers amours de mon ami Raoul de Vallonges. Roman. *Paris, Mercure de France*, 1897 ; in-12, broché.

ÉDITION ORIGINALE. — Exemplaire sur PAPIER DE CHINE. — Le faux-titre manque.

181. TITEUX (E.). Saint-Cyr et l'Ecole spéciale militaire en France. Fontainebleau. — Saint-Germain. Préface par le général du Barail. Ouvrage illustré de 107 reproductions en couleurs, 264 gravures en noir et 26 plans d'après les aquarelles et dessins de l'auteur. *Paris, Didot*, 1898, pet. in-fol., figures, dos et coins mar. rouge, tête dor., non rog.

Exemplaire réservé, n° 42, auquel on a ajouté l'AQUARELLE ORIGINALE de la première figure de la page 452.

182. TOPFFER (R.). Histoire d'Albert. *Genève, Kessmann*, 1846, in-4 obl.

3 ex. dont un broché et 2 cartonnés, non rog., couvert.

183. TRESSAN (Cte de). Histoire de Robert surnommé le Brave, ouvrage posthume de Louis-Elisabeth de Lavergne, comte de Tressan. *Londres, A. Dulau et Cie*, 1800, in-8, portrait, mar. rouge à longs grains, encad., dos orné, dent. int., tr. dor. (*Rel. anc.*).

Exemplaire imprimé sur PAPIER VÉLIN ; beau portrait de l'auteur.

184. UZANNE (Octave). Le Miroir du monde. Notes et sensations de la vie pittoresque Illustrations en couleurs d'après Paul Avril. *Paris, Quantin*, 1888, gr. in-8, figures, broché, dans un emboîtage cuir japonais.

185. UZANNE (Octave). Les Evolutions du bouquin. La nouvelle Bibliopolis, voyage d'un novateur au pays des néo-icono-bibliomanes. Lithographies en couleurs et marges décoratives de H. P. Dillon. Frontispice à l'eau-forte d'après F. Rops. Nombreuses illustrations dans le texte et hors texte. *Paris, H. Floury*, 1897, in-12, figures, cartonn. vélin, non rog. (*Durvand*).

Les plats du vol. portent les lettres D. J. P. entrelacés.

186. VALLÉE (G.). La Béatitude des chrétiens, ou le Fléo de la Foy, par Geoffroy Vallée, natif d'Orléans, filz de feu Geoffroy Vallée et de Girarde le Berruyer, auxquels noms des père et mère assemblés il s'y trouve. Lerre, Gerv vrey, Fleo D. La Foy bigarrée, et au nom du Filz va Fleo regle Foy aultrement. Guerre la folle Foy. *Manuscrit*, de 1776, in-32, de 31 p., mar. rouge, fil., dos orné, dent. int., tr. dor. (*Rel. anc.*).

187. VATOUT. Histoire du Palais-Royal. *Paris*, 1830, in-8, mar. brun à grains longs, encad. de 5 fil. sur les plats, dos plat orné de fil., dent. int., tr. dor. (*Simier*).

Très fraîche reliure de l'époque.

188. VEBER'S (Les). Les Veber's. Les Veber's. *Paris, Emile Testard*, 1895, in-8, fig., broché (*Couvert. illust.*).

Texte de *Pierre Veber*, orné de 350 illustrations de *Jean Veber*. Un des 25 exemplaires sur PAPIER DE CHINE.

189. VERHAEREN (Emile). Philippe II, tragédie en trois actes. *Paris, Société du Mercure de France*, 1901, gr. in-8, papier vergé, broché (*Couvert.*).

ÉDITION ORIGINALE.

190. VIE DE LAZARILLE DE TORMÈS. Traduction nouvelle et préface de A. Morel-Fatio. Nombreuses illustrations et eaux-fortes de Maurice Leloir. *Paris, H. Launette et Cie*, 1886, in-8, figures, vélin, milieu illustré, filets et titre à l'encre rouge et noire, non rog.

191. VIEILLE GARDE IMPERIALE (La). Texte par Maurice Barrès, Henri Houssaye, Fr. Coppée, J. de Mitty, H. d'Alméras, J. Mazé, H. Guerlin. Illustrations par Job. *Tours, A. Mame et fils, s. d.*, in-4, figures en noir et en couleurs, moire verte, encad. avec aigles aux coins, dos orné, non rog. (*Cartonn. des éditeurs*).

192. VIGNY (Alfred de). Stello, par Alfred de Vigny. Avec une introduction de Jules Case. *Paris, Société artistique du livre illustré*, 1901, in-8, fig., broché.

Edition illustrée de 65 compositions de *Georges Scott*, et de 41 lettres ornées, gravures sur bois par *Eugène Dété*.

193. VIGNY (Alfred de). Stello. Avec une introduction de Jules Case. *Paris*, 1901, in-8. dos et coins de mar. rouge, dos plat orné, tête dor., non rog., couvert. (*Canape*).

194. VILLIERS DE L'ISLE-ADAM (Cte de). Le Nouveau-Monde, drame en 5 actes, en prose, couronné au concours institué en l'honneur du centenaire de la pro-

clamation de l'indépendance des Etats-Unis. *Paris, P. Ollendorff, Richard et Cie*, 1880, in-8, cartonn. dos et coins toile bleue, non rog. (*Couvert.*).

ÉDITION ORIGINALE.

195. VILLIERS DE L'ISLE-ADAM (Cte de). Contes cruels. *Paris, Calmann-Lévy*, 1883, in-12, cartonn. dos et coins toile, non rog. (*Couvert*).

ÉDITION ORIGINALE.

196. VILLIERS DE L'ISLE-ADAM (Cte de). Chez les Passants (fantaisies, pamphlets et souvenirs). Frontispice de Félicien Rops. *Paris, comptoir d'édition*, 1890, in-12, front., cartonn. dos et coins toile, non rog., couvert. (*Carayon*).

ÉDITION ORIGINALE.

197. VILLIERS DE L'ISLE-ADAM (Cte de). L'Annonciateur. Dix compositions de L.-E. Fournier, gravées à l'eau-forte par X. Lesueur. *Paris, Ferroud*, 1905, in-12, broché.

Un des 40 exemplaires imprimés sur PAPIER DU JAPON, avec les figures en un seul état.

198. VILLIERS DE L'ISLE-ADAM (Cte de). L'Annonciateur, même édition, in-12 broché.

PAPIER VÉLIN.

199. VOLTAIRE. La Pucelle d'Orléans, poème en vingt-un chants, ornée de figures gravées par Ponce et sous sa direction. *Paris*, an VII; 2 vol. in-8, fig., veau marb., dos orn., tr. dor. (*Rel. anc.*).

Édition illustrée d'un portrait d'Agnès Sorel, par *Gaucher*, et de 21 figures par *Lebarbier*, *Marillier*, *Monnet* et *Monsiau*.

200. VOLTAIRE. Candide, ou l'optimisme. Préface par Francisque Sarcey. *Paris, Boudet*, 1894; in-8, fig., en feuilles, dans un emboîtage.

Livre illustré par *Adrien Moreau* de 10 eaux-fortes hors texte et de 62 en-têtes et culs-de-lampe.

Un des 50 exemplaires sur PAPIER DE CHINE, avec les eaux-fortes en trois états dont L'EAU-FORTE PURE et le tirage à part des bois.

201. WACE. Le Roman de Brut, par Wace, poète du XIIe siècle publié pour la première fois d'après les ma-

nuscrits des bibliothèques de Paris avec un commentaire et des notes par Le Roux de Lincy. *Rouen, E. Frère,* 1836-1838, 2 vol. in-8, front., demi-rel. chag. grenat, non rog.

202. ZOLA (Emile). Guy de Maupassant. J. K. Huysmans. Henry Céard. Léon Hennique. Paul Alexis. Les Soirées de Médan. Avec les portraits des six auteurs. Eaux-fortes de F. Desmoulin et six compositions de Jeanniot gravées à l'eau-forte par L. Muller. *Paris, G. Charpentier,* 1890, pet. in-8, broché (*Couvert.*).

CHARTRES. — IMPRIMERIE DURAND, RUE FULBERT.

www.ingramcontent.com/pod-product-compliance
Ingram Content Group UK Ltd.
Pitfield, Milton Keynes, MK11 3LW, UK
UKHW020457180726
13839UKWH00004B/1827